樂章集下卷

崇安　柳三變　耆卿

中呂調

安公子

長川波瀲灔楚鄉淮岸迢遞一霎煙汀雨過芳草青如染驅驅攜書劒當此好天好景自覺多愁多病行役心情厭　望處曠野沈沈暮雲黯黯行侵夜色又是急槳投村店　認去程將近舟子相呼遙指漁燈一點

菊花新

欲掩香幃論繾綣先斂雙蛾愁夜短催促少年郎先去睡鴛衾圖暖　須臾放了殘鍼綫脫羅裳恣情無限留

取帳前燈時時待看伊嬌面

過澗歇近

酒醒夢纔覺小閣香炭成煤洞戶銀蟾移影人寂靜夜永清寒翠瓦霜凝疏簾風動漏聲隱隱飄來轉愁聽　怎向心緒近日厭厭長似病鳳樓咫尺佳期杳無定展轉無眠粲枕冰冷香虯煙斷是誰與把重衾整

輪臺子

霧斂澄江煙消藍光碧彤霞襯遙天掩映斷續半空殘月孤村望處人寂寞聞釣叟甚處一聲羌笛九疑山畔纔雨過斑竹作血痕添色感行客翻思故國恨因循阻隔路久沈消息　正老松枯柏情如織聞野猿嗁愁聽

得見釣舟初出芙蓉渡頭鴛鴦灘側干名利祿終無益
念歲歲閒阻迢迢紫陌翠娥嬌豔從別後經今花開柳
坼傷魂魄利名牽役又爭忍把光景拋擲

平調

望漢月

明月明月明月爭奈乍圓還缺恰如年少洞房人暫歡
會依前離別　小樓凭檻處正是去年時節千里清光
又依舊奈夜永厭厭人絕

歸去來

初過元宵三五慵困春情緒燈月闌珊嬉遊處遊人盡
厭歡聚　憑仗如花女持杯謝酒朋詩侶餘酲更不禁

香醪歌筵罷且歸去

燕歸梁

織錦裁編寫意深字值千金一回披玩一愁吟腸成結
淚盈襟　幽歡已散前期遠無憀賴是而今密憑歸鴈
寄芳音恐冷落舊時心

八六子

如花貌當來便約永結同心偕老爲妙年俊格聰明凌
厲多方憐愛何期養成心性近元來都不相表漸作分
飛計料　稍覺因情難供恁殛惱爭克罷同歡笑已是
斷絃尤續覆水難收常向人前誦談空遣時傳音耗漫
悔懊此事何時壞了

長壽樂

尤紅殢翠近日來陡把狂心牽繫羅綺叢中笙歌筵上有箇人人可意解嚴妝巧笑取次言談成嬌媚知幾度密約秦樓盡醉仍攜手眷戀香衾繡被　情漸美算好把夕雨朝雲相繼便是仙禁春深御鑪香裊臨軒親試對天顏咫尺定然魁甲登高第待恁時等著回來賀喜好生地賸與我兒利市

望海潮　仙呂調

東南形勝江吳都會錢塘自古繁華煙柳畫橋風簾翠幕參差十萬人家雲樹繞隄沙怒濤卷霜雪天塹無涯市列珠璣戶盈羅綺競豪奢　重湖疊巘清嘉有三秋桂子十里荷花羌管弄晴菱歌泛夜嬉嬉釣叟蓮娃千騎擁高牙乘醉聽簫鼓吟賞煙霞異日圖將好景歸去鳳池誇

如魚水

輕靄浮空亂峰倒影瀲灩十里銀塘繞岸垂楊紅樓朱閣相望芰荷香雙雙戲鸂鶒鴛鴦乍雨過蘭芷汀洲望中依約似瀟湘　風淡淡水茫茫動一片晴光畫舫相將盈盈紅粉清商紫薇郎修禊飲且樂仙鄉更歸去徧歷鑾坡鳳沼此景也難忘

其二

帝里疏散數載酒縈花繫九陌狂遊頁景對珍筵惱佳人自有風流勸瓊甌絳唇啟歌發清幽被舉措藝足才高在處別得豔姬留　浮名利擬拚休是非莫挂心頭富貴豈由人時會高志須酬莫閒愁共綠蟻紅粉相尤向繡幄醉倚芳姿睡算除此外何求

玉蝴蝶

望處雨收雲斷凭闌悄悄目送秋光晚景蕭疏堪動宋玉悲涼水風輕蘋花漸老月露冷梧葉飄黃遣情傷故人何在煙水茫茫　難忘文期酒會幾孤風月屢變星霜海闊山遙未知何處是瀟湘念雙燕難憑遠信指暮天空識歸航黯相望斷鴻聲裏立盡斜陽

其二

漸覺芳郊明媚夜來膏雨一灑塵埃滿目淺桃深杏露染風裁銀塘靜魚鱗簟展煙岫翠龜甲屏開殷晴雷雲中鼓吹遊徧蓬萊　徘徊隼旟前後三千珠履十二金釵雅俗熙熙下車成宴盡春臺好雍容東山妓女堪笑傲北海尊罍且追陪鳳池歸去那更重來

其三

是處小街斜巷爛遊花館連醉瑤卮選得芳容端麗冠絕吳姬絳脣輕笑歌盡雅蓮步穩舉措皆奇出屏幃倚風情態約素腰肢　當時綺羅叢裏知名雖久識面何遲見了千花萬柳比竝不如伊未同歡寸心暗許欲話

別纖手重攜結前期美人才子合是相知

其四

誤入平康小巷畫檐深處朱箔微褰羅綺叢中偶認舊識嬋娟翠眉開嬌橫遠岫綠鬢嚲濃染春煙憶情牽粉牆曾恁窺宋三年　還延珊瑚筵上親持犀管旋疊香牋要索新詞殢人含笑立尊前按新聲珠喉漸穩想舊意波臉增妍苦留連鳳衾鴛枕忍負良天

其五

淡蕩素商行暮遠空雨歇平野煙收滿目江山堪助楚客冥搜素光動雲濤漲晚紫翠冷霜巘橫秋景清幽渚蘭香謝汀樹紅愁　良儔西風吹帽東籬攜酒共結歡

遊淺酌低吟坐中俱是飲家流對殘暉登臨休歎賞令節酩酊方酬且相留眼前尤物盞裏忘憂

滿江紅

暮雨初收長川靜征帆夜落臨島嶼蓼煙疏淡葦風蕭索幾許漁人飛短艇盡載燈火歸村落遣行客當此念回程傷漂泊　桐江好煙漠漠波似染山如削遶巖陵灘畔鷺飛魚躍遊宦區區成底事平生況有雲泉約歸去來一曲仲宣吟從軍樂

其二

訪雨尋雲無非是奇容豔色就中有天真妖麗自然標格惡發姿顏歡喜面細追想處皆堪惜自別後幽怨與

[illegible]

其二

[illegible]

樂下

[illegible]

其四

別離千[illegible]向[illegible]美人才子合是相知

閒愁成堆積　鱗鴻阻無信息夢魂斷難尋覓儘思量
休又怎生休得誰恁多情憑向道縱來相見且相憶便
不成常遣似如今輕拋擲

其三

萬恨千愁將年少衷腸牽繫殘夢斷酒醒孤館夜長無
味可惜許枕前多少意到如今兩總無終始獨自箇贏
得不成眠成憔悴　添傷感將何計空只恁厭厭地無
人處思量幾度垂淚不會得都來些子事甚恁底死難
拚棄待到頭終久問伊看如何是

其四

匹馬驅驅搖征轡溪邊谷畔望斜日西照漸沈山半兩

兩棲禽歸去急對人相竝聲相喚似笑我獨自向長途
離魂亂　中心事多傷感人是宿前村館想鴛衾今夜
共他誰暖惟有枕前相思淚背燈彈了依前滿怎忘得
香閣共伊時嫌更短

洞仙歌

乘興閒泛蘭舟渺渺煙波東去淑氣散幽香滿蕙蘭汀
渚綠蕪平畹和風輕暖曲岸垂楊隱隱隔桃花圃芳樹
外閃閃酒旗遙舉　羇旅漸入三吳風景水村漁市閒
思更遠神京拋擲幽會小歡何處不堪獨倚危檣凝情
西望日邊繁華地歸程阻空自歎當時言約無據傷心
最苦佇立對碧雲將暮關河遠怎奈向此時情緒

引駕行

紅塵紫陌斜陽暮草長安道是離人斷魂處迢迢匹馬西征新晴韶光明媚輕煙淡薄和氣暖望花村路隱映搖鞭時過長亭愁生傷鳳城仙子別來千里重行行又記得臨歧淚眼溼蓮臉盈盈　消凝花朝月夕最苦冷落銀屏想媚容耿耿無眠屈指已算回程相縈空萬般思憶爭如歸去覩傾城向繡幃深處並枕說如此牽情

望遠行

長空降瑞寒風翦淅淅瑤花初下亂飄僧舍密灑歌樓迤邐漸迷鴛瓦好是漁人披得一蓑歸去江上晚來堪畫滿長安高卻旗亭酒價　幽雅乘興最宜訪戴泛小

棹越溪瀟灑皓鶴奪鮮白鷴失素千里廣鋪寒野須信幽蘭歌斷彤雲收盡別有瑤臺瓊樹放一輪明月交光清夜

八聲甘州

對瀟瀟暮雨灑江天一番洗清秋漸霜風淒慘關河冷落殘照當樓是處紅衰翠減苒苒物華休惟有長江水無語東流　不忍登高臨遠望故鄉渺邈歸思難收歎年來蹤迹何事苦淹留想佳人妝樓顒望誤幾回天際識歸舟爭知我倚闌干處正恁凝愁

臨江仙

夢覺小庭院冷風淅淅疏雨瀟瀟綺窗外秋聲敗葉狂

飄心搖奈寒漏永孤幃悄淚燭空燒無端處是繡衾鴛枕閒過清宵　蕭條牽情繫恨爭向年少偏饒覺新來憔悴舊日風標魂消念歡娛事煙波阻後約方遙還經歲問怎生禁得如許無聊

竹馬子

登孤壘荒涼危亭曠望靜臨煙渚對雌霓挂雨雄風拂檻微收煩暑漸覺一葉驚秋殘蟬噪晚素商時序覽景想前歡指神京非霧非煙深處　向此成追感新愁易積故人難聚憑高盡日凝竚贏得消魂無語極目霽靄霏微暝鴉零亂蕭索江城暮南樓畫角又送殘陽去

小鎮西

意中有箇人芳顏二八天然俏自來奸黠最奇絕是笑時媚靨深深百態千嬌再三偎著再三香滑　久離缺夜來魂夢裏尤花殢雪分明似舊家時節正歡悅被鄰雞喚起一場寂寥無眠向曉空有半窗殘月

小鎮西犯

水鄉初禁火青春未老芳菲滿柳汀煙島波際紅幃縹緲儘杯盤小歌祓禊聲聲諧楚調　路繚繞野橋新市裏花穠妓好引遊人競來喧笑酩酊誰家年少信玉山倒家何處落日眠芳草

迷神引

一葉扁舟輕帆卷暫泊楚江南岸孤城暮角引胡笳怨

水茫茫平沙鴈旋驚散煙斂寒林簇畫屏展天際遙山
小黛眉淺　舊賞輕拋到此成遊宦覺客程勞年光晚
異鄉風物忍蕭索當愁眼帝城賒秦樓阻旅魂亂芳草
連空闊殘照滿佳人無消息斷雲遠

促拍滿路花

香靨融春雪翠鬢嚲秋煙楚腰纖細正笄年鳳幃夜短
偏愛日高眠起來貪顛耍只恁殘卻黛眉不整花鈿
有時攜手閒坐偎倚綠窗前溫柔情態盡人憐畫堂春
過悄悄落花天最是嬌癡處尤殢檀郎未教拆了鞦韆

六幺令

淡煙殘照搖曳溪光碧溪邊淺桃深杏迤邐染春色昨

夜扁舟泊處枕底當灘磧波聲漁笛驚回好夢夢裏欲
歸歸不得　展轉翻成無寐因此傷行役思念多媚多
嬌咫尺千山隔都爲深情密愛不忍輕離拆好天良夕
鴛帷寂寞算得也應暗相憶

剔銀燈

何事春工用意繡畫出萬紅千翠豔杏夭桃垂楊芳草
各鬬雨膏煙膩如斯佳致早晚是讀書天氣　漸漸園
林明媚便好安排歡計論檻買花盈車載酒百琲千金
邀妓何妨沈醉有人伴日高春睡

紅窗聽

如削肌膚紅玉瑩舉措有許多端正二年三歲同鴛寢

表溫柔心性　別後無非良夜永如何向名牽利役歸期未定算伊心裏卻冤成薄倖

臨江仙

鳴珂碎撼都門曉旌幢擁下天人馬搖金轡破香塵壺漿盈路歡動一城春　揚州曾是追遊地酒臺花徑仍存鳳簫依舊月中聞荆王魂夢應認嶺頭雲

鳳歸雲

向深秋雨餘爽氣肅西郊陌上夜闌襟裏起涼飆天末殘星流電未滅閃閃隔林梢又是曉雞聲斷陽烏光動漸分山路迢迢　驅驅行役苒苒光陰蠅頭利祿蝸角功名畢竟成何事漫相高拋擲雲泉狎玩塵土壯節等閒消幸有五湖煙浪一船風月會須歸去老漁樵

女冠子

淡煙飄薄鶯花謝清和院落樹陰翠密葉成幄麥秋霽景夏雲忽變奇峰倚寥廓波暖銀塘漲新萍綠魚躍想端憂多暇陳王是日嫩苔生閣　正鑠石天高流金晝永楚榭光風轉蕙披襟處波翻翠幕以文會友沈李浮瓜忍輕諾別館清閑避炎蒸豈須河朔但尊前隨分雅歌豔舞盡成歡樂

玉山枕

驟雨新霽蕩原野清如洗斷霞散彩殘陽倒影天外雲峰數朵相倚露荷煙芰滿池塘見次第幾番紅翠當是

時河朔飛觴避炎蒸想風流堪繼　晚來高樹清風起
動簾幕生秋氣畫樓晝寂蘭堂夜靜舞豔歌姝漸任羅
綺訟閒時泰足風情便爭奈雅歌都廢省教成幾闋清
歌盡新聲好尊前重理

減字木蘭花

花心柳眼郎似遊絲常惹絆慵困誰憐繡綫金鍼不喜
穿　深房密宴爭向好天多聚散綠鎖窗前幾日春愁
廢管絃

木蘭花令

有箇人人真攀羨問著洋洋回卻面你若無意向他人
為甚夢中頻相見　不如聞早還卻願免使牽人虛魂
亂風流腸壯不堅牢只恐被伊牽引斷

甘州令

凍雲深淑氣淺寒欺綠野輕雪伴早梅飄謝豔陽天正
明媚卻成瀟灑玉人歌畫樓酒對此景驟增高價　賣
花巷陌放燈臺榭好時節怎生輕捨賴和風蕩霽靄廓
清良夜玉塵鋪桂華滿素光裏更堪遊冶

西施

苧蘿妖豔世難偕善媚悅君懷後庭恃寵盡使絕嫌猜
正恁朝歡暮宴情未足早江上兵來　捧心調態軍前
死羅綺旋變塵埃至今想怨魂無主尚徘徊夜夜姑蘇
城外當時月但空照荒臺

其二

柳街燈市好花多盡讓美瓊娥萬嬌千媚的的在層波取次梳妝自有天然態愛淺畫雙蛾　斷腸最是金閨客空憐愛柰伊何洞房咫尺無計枉朝珂有意憐才每遇行雲處幸時恁相過

其三

自從回步百花橋便獨處清宵鳳衾鴛枕何事等閒拋縱有餘香也似郎恩愛向日夜潛消　恐伊不信芳容改將憔悴寫霜綃更憑錦字字字說情憀要識愁腸但看丁香樹漸結盡春梢

河傳

翠深紅淺愁蛾黛蹙嬌波刀翦奇容妙伎爭逞舞裀歌扇妝光生粉面　坐中醉客風流慣尊前見特地驚狂眼不似少年時節千金爭選相逢何太晚

其二

淮岸向晚圓荷向背芙蓉深淺仙娥畫舸露漬紅芳交亂難分花與面　采多漸覺輕船滿呼歸伴急槳煙村遠隱隱棹歌漸被蒹葭遮斷曲終人不見

郭郎兒近

帝里閑居小曲深坊庭院沈沈朱戶閉新霽畏景天氣薰風簾幕無人永晝厭厭如度歲　愁悴枕簟微涼睡久輾轉慵起硯席塵生新詩小闋等閒都盡廢這些兒

寂寞情懷何事新來常恁地

南呂調

透碧霄

月華邊萬年芳樹起祥煙帝居壯麗皇家熙盛寶運當千端門清晝觚稜照日雙闕中天太平時朝野多歡徧錦街香陌鈞天歌吹閬苑神仙　昔觀光得意狂遊風景再覩更精妍傍柳陰尋花徑空恁嚲轡垂鞭樂遊雅戲平康豔質應也依然仗何人多謝嬋娟道宦途蹤迹歌酒情懷不似當年

木蘭花慢

倚危樓竚立乍蕭索晚晴初漸素景衰殘風砧韻響霜

樹紅疏雲衢見新鴈過奈佳人自別阻音書空遣悲秋念遠寸腸萬恨縈紆　皇都暗想歡遊成往事動欷歔念對酒當歌低幃竝枕翻恁輕孤歸途縱凝望處但斜陽暮靄滿平蕪贏得無言悄悄凭闌盡日踟躕

其二

拆桐花爛漫乍疏雨洗清明正豔杏燒林緗桃繡野芳景如屏傾城盡尋勝去驟雕鞍紺幰出郊坰風暖繁絃脆管萬家競奏新聲　盈盈鬬草踏青人豔冶遞逢迎向路傍往往遺簪墮珥珠翠縱橫歡情對佳麗地信金罍罄竭玉山傾拚卻明朝永日畫堂一枕春酲

其三

古繁華茂苑是當日帝王州詠人物鮮明土風細膩曾
美詩流尋幽近香徑處聚蓮娃釣叟簇汀洲晴景吳波
練靜萬家綠水朱樓　凝旒乃睠東南思共理命賢侯
繼夢得文章樂天惠愛布政優優鼇頭況虛位久遇名
都勝景阻淹留贏得蘭堂醞酒畫船攜妓歡遊

臨江仙引

渡口向晚乘瘦馬陟平岡西郊又送秋光對暮山橫翠
襯殘葉飄黃憑高念遠素景楚天無處不淒涼　香閨
別來無信息雲愁雨恨難忘指帝城歸路但煙水茫茫
凝情望斷淚眼盡日獨立斜陽

其二

上國去客停飛蓋促離筵長安古道緜緜見岸花啼露
對隄柳愁煙物情人意向此觸目無處不淒然　醉擁
征驂猶竚立盈盈淚眼相看況繡幃人靜更山館春寒
今宵怎向漏永頓成兩處孤眠

其三

畫舸盪槳隨浪箭隔岸虹□荷占斷秋容疑水仙游泳
向別浦相逢鮫絲霧吐漸收細腰無力轉嬌慵　羅襪
凌波成舊恨有誰更賦驚鴻想媚魂香信算密鎖瑤宮
遊人漫勞倦□柰何不逐東風

瑞鷓鴣

寶髻瑤簪嚴妝巧天然綠媚紅深綺羅叢裏獨逞謳吟

[illegible]

[illegible]

婆波成[illegible]口[illegible]香[illegible]

向別浦[illegible]山[illegible]

書洞鑒[illegible]口[illegible]秋[illegible]水山[illegible]

其三

今宵[illegible]向[illegible]成雨[illegible]

征[illegible]人[illegible]

[illegible]向[illegible]

上國[illegible]安古道[illegible]

其二

[illegible]天[illegible]

[illegible]又[illegible]山[illegible]

[illegible]

[illegible]文[illegible]天[illegible]人[illegible]

[illegible]水[illegible]

[illegible]

古[illegible]上風[illegible]

一曲陽春定價何啻値千金傾聽處王孫帝子鶴蓋成
陰　凝態掩霞襟動象板聲聲怨思難任嘹亮處迴壓
絃管低沈時恁迴眸斂黛空役五陵心須信道緣情寄
意別有知音
其二
吳會風流人煙好高下水際山頭瑤臺絳闕依約蓬丘
萬井千閭富庶雄壓十三州觸處靑蛾畫舸紅粉朱樓
方面委元侯致訟簡時豐繼日歡遊襦溫袴暖已扇
民謳旦暮鋒車命駕重整濟川舟當恁時沙隄路穩歸
去難留
憶帝京

薄衾小枕涼天氣乍覺別離滋味展轉數寒更起了還
重睡畢竟不成眠一夜長如歲　也擬待卻回征轡又
爭奈已成行計萬種思量多方開解只恁寂寞厭厭地
繫我一生心負你千行淚
般涉調
塞孤
一聲雞又報殘更歇秣馬巾車催發草草主人燈下別
山路險新霜滑瑤珂響起棲烏金鐙冷敲殘月漸西風
緊襟袖淒冽　遙指白玉京望斷黃金闕遠道何時行
徹算得佳人凝恨切應念念歸時節相見了執柔荑幽
會處偎香雪免鴛衾兩恁虛設

瑞鷓鴣

天將奇豔與寒梅乍驚繁杏臘前開暗想花神巧作江南信鮮染燕脂細翦裁　壽陽妝罷無端飲淩晨酒入香顋恨聽煙隖深中誰恁吹羌管逐風來絳雪紛紛落翠苔

其二

全吳嘉會古風流渭南往歲憶來遊西子方來越相功成去千里滄江一葉舟　至今無限盈盈者盡來拾翠芳洲最是簇簇寒村遙認南朝路晚煙收三兩人家古渡頭

洞仙歌

嘉景向少年彼此爭不雨沾雲惹奈傳粉英俊夢蘭品雅金絲帳暖銀屏亞竝粲枕輕偎輕倚綠嬌紅姹算一笑百琲明珠非價　閑暇每祗向洞房深處痛憐極寵似覺些子輕孤早恁背人沾灑從來嬌縱多猜訝更對翦香雲須要深心同寫愛搵了雙眉索人重畫忍孤豔冶斷不等閑輕捨鴛衾下願常恁好天良夜

安公子

遠岸收殘雨雨殘稍覺江天暮拾翠汀洲人寂靜立雙雙鷗鷺望幾點漁燈隱映蒹葭浦停畫橈兩兩舟人語道去程今夜遙指前村煙樹　遊宦成羈旅短檣吟倚閑凝竚萬水千山迷遠近想鄉關何處自別後風亭月

榭孤歡聚剛斷腸惹得離情苦聽杜宇聲聲勸人不如
歸去
其二
夢覺清宵半悄然屈指聽銀箭惟有牀前殘淚燭啼紅
相伴暗惹起雲愁雨恨情何限從臥來展轉千餘徧恁
數重鴛被怎向孤眠不暖　堪恨還堪歎當初不合輕
分散及至厭厭獨自個卻眼穿腸斷似恁地深情密意
如何拚雖後約的有于飛願奈片時難過怎得如今便
見
長壽樂
繁紅嫩翠豔陽景妝點神州明媚是處樓臺朱門院落
絃管新聲騰沸恣遊人無限馳驟嬌馬車如水競尋芳
選勝歸來向晚起通衢近遠香塵細細　太平世少年
時忍把韶光輕棄況有紅妝楚腰越豔一笑千金何啻
向尊前舞袖飄雪歌響行雲止願長繩且把飛烏繫任
好從容痛飲誰能惜醉
黃鍾羽
傾杯
水鄉天氣灑蒹葭露結寒生早客館更堪秋杪空階下
木葉飄零颯颯聲乾狂風亂掃當無緒人靜酒初醒天
外征鴻知送誰家歸信穿雲悲叫　蛩響幽窗鼠窺寒
硯一點銀釭閒照夢枕頻驚愁衾半擁萬里歸心悄悄

往事追思多少贏得空使方寸撓斷不成眠此夜厭厭
就中難曉

大石調

傾杯

金風淡蕩漸秋光老清宵永小院新晴天氣輕煙乍斂
皓月當軒練淨對千里寒光念幽期阻當殘景早是多
情多病那堪細把舊約前歡重省　最苦碧雲信斷仙
鄉路杳歸鴻難倩每高歌強遣離懷奈慘咽翻成心耿
耿漏殘露冷空贏得悄悄無言愁緒終難整又是立盡
梧桐碎影

散水調

傾杯

鶩落霜洲雁橫煙渚分明畫出秋色暮雨乍歇小檝夜
泊宿葦村山驛何人月下臨風處起一聲羌笛離愁萬
緒聞岸草切切蛩吟如織　為憶芳容別後水遙山遠
何計憑鱗翼想繡閣深沈爭知憔悴損天涯行客楚峽
雲歸高陽人散寂寞狂蹤迹望京國空目斷遠峰凝碧

黃鐘宮

鶴沖天

黃金榜上偶失龍頭望明代暫遺賢如何向未遂風雲
便爭不恣狂蕩何須論得喪才子詞人自是白衣卿相
煙花巷陌依約丹青屏障幸有意中人堪尋訪且恁

偎紅翠風流事平生暢青春都一餉忍把浮名換了淺斟低唱

癸亥中秋借含經堂宋本校一過卷末續添曲子乃宋本所無又從周氏孫氏兩鈔本校正可稱完璧矣

毛扆

樂章集續添曲子

林鍾商

木蘭花 杏花

翦裁用盡春工意淺蘸朝霞千萬蘂天然淡泞好精神洗盡嚴妝方見媚　風亭月榭閒相倚紫玉枝梢紅蠟蔕假饒花落未消愁煮酒杯盤催結子

其二 海棠

東風催露千嬌面欲綻紅深開處淺日高梳洗甚時忺點滴燕脂勻未徧　霏微雨罷殘陽院洗出都城新錦段美人纖手摘芳枝插在釵頭和鳳顫

其三 柳枝

黃金萬縷風牽細寒食初頭春有味殢煙尤雨索春饒一日三眠誇得意　章街隋岸歡遊地高拂樓臺低映水楚王空待學風流餓損宮腰終不似

散水調

傾杯樂

樓鎖輕煙水橫斜照遙山半隱愁碧片帆岸遠行客路杳簇一天寒色楚梅映雪數枝豔報青春消息年華夢促音信斷聲遠飛鴻南北　算伊別來無緒翠消紅減雙帶長拋擲但淚眼沈迷看朱成碧惹閒愁堆積雨意雲情酒心花態孤負高陽客夢難極和夢也多時閒隔

歇指調

祭天神

憶繡衾相向輕輕語屏山掩紅蠟長明金獸盛熏蘭炷何期到此酒態花情頓孤負柔腸斷還是黃昏那更滿庭風雨　聽空階和漏碎聲鬭滴愁眉聚算伊還共誰人爭知此冤苦念千里煙波迢迢前約舊歡慵省一向無心緒

平調

瑞鷓鴣

吹破殘煙入夜風一軒明月上簾櫳因驚路遠人還遠縱得心同寢未同　情脈脈意忡忡碧雲歸去認無蹤只應曾向前生裏愛把鴛鴦兩處籠

中呂調

歸去來

一夜狂風雨花英墜碎紅無數垂楊漫結黃金縷儘春殘縈不住　蝶稀蜂散知何處殢尊酒轉添愁緒多情不慣相思苦休惆悵好歸去

中呂宮

梁州令

夢覺紗窗曉殘燈掩然空照因思人事苦縈牽離愁別恨無限何時了　憐深定是心腸小往往成煩惱一生惆悵情多少月不長圓春色易為老

中呂調

燕歸梁

輕躡羅鞋掩絳綃傳音耗苦相招語聲猶顫不成嬌乍得見兩魂消　悤悤草草難留戀還歸去又無聊若諧雨夕與雲朝得似箇有囂囂

夜半樂

豔陽天氣煙細風暖芳郊澄朗閑凝竚漸妝點亭臺參差佳樹舞腰困力垂楊綠映淺桃穠李夭夭嫩紅無數度綺燕流鶯鬬雙語　翠娥南陌簇簇躡影紅陰緩移嬌步擡粉面韶容花光相妒絳綃袞舉雲鬟風顫半遮檀口含羞背人偷顧競鬬草金釵笑爭賭　對此嘉景頓覺消凝惹成愁緒念解佩輕盈在何處忍良時孤負

少年等閑度空望極回首斜陽暮歎浪萍風梗知何去

越調

清平樂

繁華錦爛已恨歸期晚翠減紅稀鶯似嬾特地柔腸欲斷　不堪尊酒頻傾惱人轉轉愁生□□□□□□多情爭似無情

中呂調

迷神引

紅板橋頭秋光暮淡月映煙方煦寒溪蘸碧繞垂楊路重分飛攜纖手淚如雨波急隋隄遠片帆舉倏忽年華改向期阻　時覺春殘漸漸飄花絮好夕良天長孤負

洞房閒掩小屏空無心覷指歸雲仙鄉杳在何處遥夜
香衾暖算誰與知他深深約記得否

樂章集校記

上卷

黃鶯兒 春誰趙元度校焦弱侯本作誰爲 蹤迹梅禹金鈔本迹上空一格 終朝草堂詩餘作黃昏

玉女搖仙佩 偶別梅本無偶字 幾多 淺白 晝堂焦本幾作許淺作淡晝作華 願嬭嬭繆小珊校記引宋本作但願取

雪梅香 無憀恨三句繆引宋本作無憀意盡把相思分付征鴻

尾犯 別後萬紅友詞律別上有自字

鬬百花原注亦名夏州 鸞輅按是句疑是過片下二闋同

其三 年紀方當 爭柰句原本紀作幾當字及爭柰句脫並从焦本

甘草子 共鸚鵡毛子晉刋本共作教

其二 露華毛本作落花 聚兩眉焦本聚作蹙毛本作惹

送征衣 虹流原本作流虹从焦本與上電繞爲對 望上國焦本望作趨

晝夜樂 長相聚原本無長字从焦本 當時焦本時作初

其二 嘉景草堂嘉作佳毛本景作境

西江月 飛絮毛本飛作風

傾杯樂 嘉氣 羽扇焦本嘉作佳羽作雉

笛家弄焦本無弄字 明媚曹君直校記朱彊梅詞用耆卿韻是句作天然疏秀秀字疑是韻

傷懷焦本無 別久原本屬上結从詞律 遺恨毛本遺作遣 消凝焦本無

傾杯樂 危閣毛本閣作樓

迎新春 喧天 隨分 堪對此景焦本天作喧隨上有堪字對此上下無堪字景字

曲玉管　立望焦本立作一

滿朝歡　楚觀　朱扉焦本觀作館扉作門

鳳銜杯二　更時展焦本更作縱

鶴沖天　好景原本作良夜與下結複从焦本　舊時焦本作當初

受恩深　要上焦本要作飛　寒雨全芳備祖寒作疏梅本雨作霧

看花回　白髮焦本髮作首

其二　正萬家原本無正字从繆校引宋本　忍負原本作忍孤負从焦本

兩同心　能做　那人人焦本做作敎那作箇

其二　淒飛原本淒作朝从焦本

女冠子　斷雲　略　曾諧焦本雲作靈略字重文梅本作略略諧

玉樓春二　醮臺焦本臺作壇

其三　曉色　珠履焦本曉作夜珠作朱

其四　不醉焦本不作未

傳花枝　掩通焦本掩作淹

中卷

雨霖鈴　留戀處焦本留上有方字

定風波　塞柳梅本塞作露　驅驅原本作區區从焦本毛本作驅馳　邇來焦本邇作近

尉遲杯　綢繆原本以困極句作過片从焦本

慢卷紬　良辰　牽繫焦本辰作宵牽作縈

征部樂　良辰焦本辰作夜　花衢毛本衢作街　細說焦本下有與字　蟲蟲原本作重重从毛本　輕離拆焦本無離字

佳人醉 翠娥焦本娥作眉
迷仙引 何妨原本妨作勞从焦本
御街行二 酒醺醺 惹起二句原本酒作飲惹起二句脫竝从焦本 鴛鴦
焦本鴦作幃
歸朝歡 山遠 牽縈 誠何益焦本山作川牽縈作縈牽誠作成
秋夜月 待信焦本作待音信
巫山一段雲 一雲軒焦本軒作輀
婆羅門令 風細細 任敧枕原本細字非重文任作如竝从焦本
法曲仙獻音 每恨 鎭厭厭焦本每作悔鎭作正
西平樂 憑高目 韶華焦本目上有寓字華作光
鳳棲梧二 竚倚毛本竚作獨焦本倚作立 煙光原本光作花从焦本 無言誰會
毛本作無人會得 對酒原本脫从焦本
秋蘂香 柰芳蘭歇原本芳作有从焦本焦本柰作有
鵲橋仙 東去繆校引宋本作東歸去 慘懷焦本作慘離懷 便忍原本忍作恁从
焦本
浪淘沙 歌闌焦本闌作闕
夏雲峰 時換原本時字脫从焦本詞律引趙長卿體段輕盈張元幹玉燕投懷句可證
蘭態蕙心 歸處焦本蘭蕙二字互易歸作深 虛費草堂費作負
荔枝香 來繞瓊筵原本來字脫瓊作瑤竝从焦本
古傾杯 偏繞繆校引宋本作繞徧焦本繞作染 芳樹焦本樹作樹
傾杯焦本作傾杯樂 世上毛本上作人 悲莫原本悲作愁从焦本 黛蛾焦本作蛾黛
從今毛本今作此

破陣樂　歸遠焦本遠作去

陽臺路　少年時焦本無少字

內家嬌　煦景　睠紅偎翠　頓棄　斷魂焦本煦作媚睠作偎

偎作倚頓作頻魂作腸

宣清　醉魄繆校引宋翾翾原本作翩翩毛本本魄作魂翩翻作翻翻从梅本　盡是焦本

上有箇箇二字亂橫繆校引宋本作橫處

錦堂春焦本作雨中花慢　是事繆校引宋本作事事　整頓　雲鬟　繡衾

焦本整作陡雲作香繡作鴛

定風波　恁麼毛本作恁般麼　蠻牋　年少焦本蠻作鸞年少作少年

留客住　雲散　千里繆校引宋本雲散二字在遙山上里作重

隔簾聽　梳妝早原本屬上結从詞律

樂校　四

拋毬樂　寶馬　恁忍焦本馬韻屬上結忍作生

集賢賓　蟲蟲原本作春風从焦本曹校云蟲蟲當時妓名本集征部樂蟲蟲心下玉樓春蟲

嬢舉措是也宋本於蟲蟲字皆改去不如梅本之善飲散原本飲作欲从焦本諳惱損繆校

引宋本諳作煩長是原本是作似从焦本

殢人嬌　好景焦本好作美

思歸樂　共君把酒繆校引宋本作把酒共君　勸人焦本勸作喚

應天長　殘蟬　歌聲焦本蟬下有聲字聲作未

合歡帶　價減原本作減價从焦本與下聲消爲對

少年遊　亂蟬棲　去年焦本棲作斷去作少

其二　凭蘭橈焦本凭作上

其四　詳雅焦本詳作閑

其五　只是焦本作恁异
其六　舞裀歌扇焦本作歌裀舞扇
其八　爭忍原本爭字脫从焦本　猜量詞律杜小舫校引宋本猜作思
長相思原本題作京妓从焦本刪　那人家原本是句屬過片从焦本
木蘭花　二　羣豔伏焦本伏作服
其三　蟲娘原本蟲作重从焦本　温潤　聲催焦本温作掩催作喧
其四　顧拍原本拍作指从焦本
駐馬聽　鸞帷　怎忍焦本鸞作鴛忍作免　漸行毛本行作疏　寄消寄
息焦本作恁寄消息繆校引宋本寄息作傳息
戚氏　江關　喧焦本江作鄉喧喧作聲喧
輪臺子　行行　魂消焦本行行句屬過片魂消作消魂

引駕行　幾許原本以忍回首句作過片从焦本
望遠行　金梯焦本梯作階　金釵　圖信人繆校引宋本釵作錢圖作圍小
彩雲歸　此際花草粹編下有恨字
洞仙歌　繾綣原本屬上結从焦本　閒柳徑按閒字疑誤
離別難　媚魄　縱洪都　最苦原本媚魄及縱字苦字俱脫並从焦本
擊梧桐　伊來　看承原本伊作來承作伊並从詞律杜校引宋本　認得
善詞賦　何處去詞律杜校引宋本認上有須字善上有最是二字去字無
夜半樂　歸去原本分二段是句作上結今从焦本分三段
過澗歇近　旋落毛本旋作漸

下卷

安公子　驅驅原本作區區从焦本

菊花新 留取 焦本取作著 看伊 原本伊字脫从焦本

過澗歇近 冰冷 原本冷作整从繆校引宋本

輪臺子 煙消 繆校引宋本消作鎖 藍光 按藍疑嵐訛 殘月 徐誠齋詞律拾遺月作壁按壁疑从壁而誤 故國 別後 魂魄 利名 爭忍 詞律拾遺國作鄉別下無後字魄作處利上有怕字爭作怎

望漢月 爭奈 焦本作何事

燕歸梁 繆賴 原本賴作懶从焦本 歸鴈 焦本鴈作燕

八六子 殛惱 按殛字疑誤

長壽樂 陡把 宋本陡作徒从焦本 取次言談 繆校引宋本作言談取次 御鑪

二句 原本脫从焦本 定然 原本然字脫从繆校引宋本

仙呂調 原本調作宮曹君直曰此郎詞源夷則羽俗名仙呂調也與上卷傾杯樂笛家弄之爲夷則宮俗名仙呂宮者別

望海潮 江吳 焦本江作三梅本吳作湖 十萬 原本萬作里與下複从焦本影宋本鶴林玉露十作千 乘醉 草堂醉作時

玉蝴蝶 難忘 原本屬上結下四闋同並从焦本

其三 舉措 梅本措作止

滿江紅 三 無味 焦本無作滋 甚恁底 按底下疑脫抵字

洞仙歌 汀渚 桃花圃 漁市 更遠 焦本汀作江圃作塢市作浦遠作繞

引駕行 夏映盦曰集中引駕行凡二調此較中呂宮仄叶者多二十五字疑起句至新晴數語描寫秋景者別是一同調殘詞編者誤以冠諸韶光明媚之首蓋其下皆寫春景爲一完全平叶之引駕行與仄叶者句調無甚參差也

望遠行　彤雲焦本彤作同

八聲甘州　淒慘　翠減　渺邈　雖收焦本慘作緊翠作綠邈作渺難收作悠悠　凝愁毛本愁作眸

臨江仙　禁得焦本禁作柰

竹馬子　漸覺　暝鴉　又送焦本漸覺作井梧暝作歸送作逐

小鎮西　鄰雞　寂寥焦本鄰雞作雞聲寥作寞

小鎮西犯　喧笑焦本喧作歡　信玉山繆校引宋本信作任

六幺令　寂寞　相憶焦本寞作靜相作思

剔銀燈　論檻焦本檻作籃

紅窗聽　冤成焦本成作人

臨江仙　一城焦本一作帝原本城作年从繆校引宋本　魂夢原本作魂夢斷从焦本

鳳歸雲　歸去焦本無去字

女冠子　樹陰原本樹作榭从焦本

減字木蘭花　慵困焦本作獨爲

木蘭花令　攀羨　問羨洋洋　你若焦本攀作堪問著洋洋作問卻佯羞你若作若言　他人毛本作咱行　閒早　虛魂　牽引焦本閒作及虛魂作魂夢引作惹

西施二　幸時恁原本幸字脫从焦本

河傳　爭遲焦本爭作互

其二　露漬原本漬作清从焦本　煙村毛本村作波

郭郎兒近　愁悴　輾轉原本愁悴屬上結輾作轉竝从繆校引宋本

木蘭花慢　韻響焦本響作冷

其二 燒林（陽春白雪林作空） 芳景（原本景作草从焦本陽春白雪作錦） 信金疊

陽春白雪信作任

臨江仙引 平岡（焦本平作崇）

其三 岸虹（按岸字疑誤） 口荷 倦口（原本闕文未空格竝从夏映盦校）

塞孤 西風緊（詞律云前結一字緊字羨） 多 淒冽（焦本冽作裂曹校云按朱雍詞次耆卿韻作向亭皋一任風裂宋本既誤作冽又衍一字）

瑞鷓鴣二 全吳嘉會 滄江 最是（焦本全作一會作景江作波是作好）

洞仙歌 向少年（焦本向作況） 沾灑（繆校引宋本沾作淚） 揾了（焦本揾作印）

安公子二 啼紅（按啼上疑脫一字） 密意（焦本意作愛）

傾杯 當無緒（繆校引宋本當作黯）

傾杯 多情 碎影（焦本情作愁碎作清）

續添曲子（原本瑞鷓鴣下有訴衷情一闋已見中卷今不載）

傾杯樂 夢難極二句（原本脫从繆校引鈔本）

祭天神 柔腸斷（焦本柔作愁）

梁州令 多少（毛本少作感）

夜半樂 澄朗 等閒度（原本澄朗作燈明度上誤倒下句空字竝从焦本）

清平樂 特地（原本上衍那字从焦本）

迷神引 向期 時覺（焦本向作何時作暗）

毛斧季据含經堂宋本及周氏孫氏兩鈔本校正樂章集三卷勞巽卿傳鈔本老友吳伯宛得之京師者直齋書錄解題樂章集九卷汲古閣祕本書目柳公樂章五本（注云今世行本俱不全此宋版特全）俱不經見伯宛又寄示

清常道人趙元度校焦弱侯三卷本毛子晉所刻似從之出而刪其惜春郎傳花枝二調然毛刻不分卷亦不云何本海豐吳氏重梓毛本繆小珊曹君直引梅禹金及諸選本一再校勘又采案吾郡陸氏藏宋本入記而別刋之攷皕宋樓藏書志稱曰毛斧季手校本非宋槧也以校勞氏鈔本篇次悉同而字句頗有乖違往往與萬紅友說合或傳寫者据詞律點竄已非斧季眞面杜小舫校詞律徐誠齋編詞律拾遺兼舉宋本又與毛校不盡合符茲編顯有脫訛雜采周孫二鈔恐非宋槧未可盡爲依据繆杜諸所据本又未寓目無從折衷姑就諸本鉤稽異同粗爲諟正

其貳文別出非顯屬悞謬者具如疏記以備參權柳詞傳誦既廣別墨寔繁選家所見匪盡䓑較今止惟是之從亦依違不能斠若也甲寅三月彊村老民朱孝臧跋

考梁跋

是書說郛及稗海皆不能備者也甲寅三月覆校宋

前與前序覆刻陳宣集錄宋所見直齋書錄較今[illegible]

其仍文跋出自闕略蓋皆舊具如前跋以備參[illegible]

又云[illegible]目無從別本東坡所[illegible]今[illegible][illegible]同[illegible]

同樂非又宋本又題識與非宋[illegible]始末可[illegible][illegible]

已非[illegible][illegible]真而[illegible][illegible]小[illegible][illegible][illegible][illegible][illegible][illegible]

有[illegible][illegible]宋[illegible][illegible]以校又[illegible][illegible][illegible][illegible][illegible][illegible]

校本非宋鈔也以校汲古本[illegible]本[illegible][illegible][illegible]同而

本人說而別行之文合本藏書志稱日[illegible]

極閣合及諸選本一所校園又宋家[illegible][illegible][illegible]

然云有汲古本豐吳氏重梓毛本綴小冊曹

從之出而刪其繁簡為傳校二冊其毛子刻

清常道人趙元度校其所據三家本毛子晉所刻

圖書在版編目（CIP）數據

樂章集 / (宋) 柳永著. -- 揚州 : 廣陵書社,
2014.11
(中國雕版精品叢書)
ISBN 978-7-5554-0157-5

Ⅰ. ①樂… Ⅱ. ①柳… Ⅲ. ①宋詞—選集 Ⅳ.
①I222.844

中國版本圖書館CIP數據核字(2014)第237844號

2011—2020年國家古籍整理出版規劃項目
揚州中國雕版印刷博物館藏板

樂章集（中國雕版精品叢書）
著者 (宋)柳永
責任編輯 王志娟
裝幀設計 心宇 孫潤生
出版人 曾學文
出版發行 廣陵書社
社址 揚州市維揚路三四九號
郵編 二二五〇〇九
電話 (〇五一四)八五二二八〇八八 八五二二八〇八九
印刷 揚州(廣陵書社)雕版印刷傳習所
版次 二〇一四年十一月第一版第一次印刷
標準書號 ISBN 978-7-5554-0157-5
定價 陸佰捌拾圓整(全貳册)

http://www.yzglpub.com E-mail:yzglss@163.com